This book is dedicated to you

..............................................

Always Progress Children's Books,
2 Asaph house, 24 Brindley Street
London SE14 6PJ


A division of Always Progress Ltd, 2020

Published in the UK by Alway Progress Children's Books, 2020

Text copyright © Jayson Miller, 2020
illustrations copyright © Jayson Miller, 2020

ISBN

All rights reserved
Typeset by Jayson Miller

The rights of Jayson Miller to be identified as the author
and illustrator of this work respectively has been asserted by
him in accordance with the Copyright, Designs and Patents Act, 1988.

No part of this publication may be reproduced, stored in or introduced into a retrieval system, or transmitted, in any form, or by any means (electronic, mechanical, photocopying, recording, or otherwise) without the prior written permission of the publisher.
Any person who does any unauthorized act in relation to this publication may be liable to criminal prosecution and civil claims for damages.


This book is sold subject to the condition that it shall not, by way of trade or otherwise be lent, resold, hired out, or otherwise circulated without the publisher's prior consent in any form of binding or cover other in which it is published and without a similar condition, including, being imposed on a subsequent purchaser.

# Cuando sea grande

Escrita e ilustrada por Jayson Miller

# Cuando crezca, ¿qué haré?

# Podría trabajar como médico

# Podría trabajar en un zoológico

**Podría ser como mi maestro**

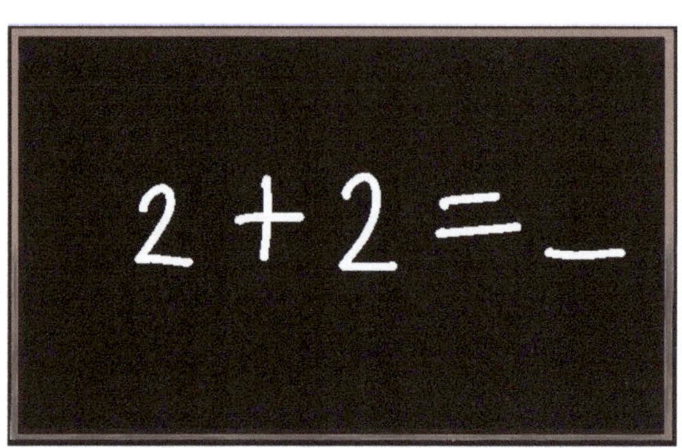


**y trabajar en una escuela**

**Podría ser como un ninja**

**y hacer kung fu.**

# Cuando crezca, ¿qué veré?

Podría volar en avión

Podría navegar en los mares.

# Podría viajar a la India

Y beber todo el té.

Podría ir a ver las pirámides

O visitar a la reina.

Cuando crezca, ¿qué haré?

Podría viajar al espacio
conocer al hombre en la luna.

**Podría trabajar en una cocina**

**rodeada de comida.**

**Podría trabajar como artista y dibujar dibujos animados.**

# Cuando crezca, ¿qué seré?

**Podría crecer como una semilla**

**Tan alto como un árbol.**

**Podría trabajar como actor**

**y estar en televisión.**

Pero siempre seré feliz

mientras sea yo.

www.ingramcontent.com/pod-product-compliance
Lightning Source LLC
Chambersburg PA
CBHW042142030726
47599CB00002B/579